中国文学名家精品

Daiwangshu Shige Jingpin

戴望舒诗歌精品

戴望舒 著 李丹丹 主编

北方妇女儿童出版社

图书在版编目（CIP）数据

戴望舒诗歌精品/戴望舒著；李丹丹主编.—长春：北方妇女儿童出版社，2015.1（2021.3 重印）
（中国文学名家精品）
ISBN 978-7-5385-8154-6

Ⅰ．①戴… Ⅱ．①戴… ②李… Ⅲ．①诗集－中国－现代 Ⅳ．①I226

中国版本图书馆CIP数据核字（2015）第007522号

戴望舒诗歌精品

DAI WANG SHU SHI GE JING PIN

出 版 人	刘　刚
责任编辑	王天明
开　　本	700mm×980mm　1/16
印　　张	9
字　　数	148 千字
版　　次	2015 年 5 月第 1 版
印　　次	2021 年 3 月第 3 次印刷
印　　刷	固安县云鼎印刷有限公司
出　　版	北方妇女儿童出版社
发　　行	北方妇女儿童出版社
地　　址	长春市福祉大路 5788 号
电　　话	总编办：0431-81629600
定　　价	26.80 元

前　言

习近平总书记在文艺座谈会上指出，繁荣文艺创作、推动文艺创新，必须要有大批德艺双馨的文艺名家。我国作家艺术家应该成为时代风气的先觉者、先行者、先倡者，要通过更多有筋骨、有道德、有温度的文艺作品，书写和记录人民的伟大实践、时代的进步要求，彰显信仰之美、崇高之美。

是的，当历史跨入21世纪的新时代，我们党发出了实现中国梦的伟大号召，掀起了轰轰烈烈的复兴中国文化的运动。这就要求我们站在时代的前沿，薪火相传，一脉相承，弘扬中国有史以来优秀的、光明的、先进的、科学的、文明的文化，融合古今中外一切文化精华，构建具有中国特色的现代民族文化，向世界和未来展示中华民族的文化力量、文化价值与文化风采。

就文学创作而言，就是广大作家要接过近现代中国文学名家传递的笔墨圣火，照亮时代的道路，创造文学的繁荣；广大读者则应吸收近现代中国文学的精神力量，认识过去的时代，投身当代的建设。总之，中国的复兴需要大家添光加彩！

回首上世纪初，中国掀起了伟大的反帝反封建的民族解放运动，广大作家以此为崇高历史使命，把文字作为投枪匕首，走在时代最前列，创作了大量优秀的文学作品，发出了代表时代最强音的呐喊，振聋发聩，唤醒广大人民群众，开创了新文化运动，创造了现代文学。

中国现代文学是指用现代文学语言与文学形式，表达中国现代思想、感情、心理的文学，是在"五四"新文化运动影响下，广泛接受外国文学影响而形成的新兴文学，产生了极大的历史推动作用。

在新文化运动推动下，广大作家汲取中外文学营养，形成了新的文学形态。他们不仅用白话语言表现现代科学民主思想，而且在艺术形式与表现手法上对传统文学进行深入革新，创建了新的文学体裁。在叙述角度、抒情方式、描写手段以及结构组成等方面，都有全新创造，极具现代特色，成为真正现代意义上的文学。

中国现代文学的主流是人民的文学，广大作家深入火热的战斗生活中，极大加强了文学与民众的结合，文学与进步的社会思潮及民族解放、革命运动的自觉联系，这构成了中国现代文学的基本历史特征与传统。此时的文学，以表现普通民众生活、改造国民性格和社会人生为根本任务。

中国现代文学早期的发展，是在广大作家吸取外来文学营养使之民族化并继承民族传统使之现代化的过程中奠定基础的。对于如何正确对待传统文化与西方外来文化的问题，他们打破了抱残守缺的国粹主义思想，进行了彻底革新，曾对西方各个历史时期的文艺思潮、文学流派，包括各种文学形式、表现手法等，进行了全面介绍与广泛吸收，同时对我国传统文学遗产也进行了重新评价。这对促进思想与艺术的解放，促进文学的现代化，起到了重要作用，从而形成了现代文学的繁荣局面，促进了广大民众的觉醒。

接过20世纪中国文学作家的思想圣火，实现新时代民族文化复兴的中国梦，这是广大作家和读者义不容辞的神圣职责。为此，我们从诗歌、散文、小说三大文学体裁着手，特别编辑了这套《中国文学名家精品》，精选了许多文学名家的精品力作，代表了中国20世纪文学的高度，具有极强的权威性、可读性和艺术性。

这些文学名家，都是中国20世纪现代文学的开拓者和各种文学形式的集大成者，他们的作品来源于他们生活的时代，是那个时代社会生活的缩影，包含了作家本人对社会、生活的体验与思考，影响着社会的发展进程，具有永恒的魅力。他们是我们心灵的工程师，能够指导我们的人生发展，对于复兴中国文化具有深远的启迪作用。

作者简介

　　戴望舒（1905—1950）原名戴朝寀，又名戴梦鸥。笔名艾昂甫、江恩等，戴望舒为他的笔名。浙江杭县人。他是我国现代象征派诗歌的代表，被称为"雨巷诗人"。除诗歌外，他还写有散文、论文等，研究、论述的范围不仅有大量外国文学，而且包括我国古典小说、戏曲等。

　　1923年秋天，戴望舒考入上海大学文学系。1925年，他转入上海震旦大学学习法语。1928年，他与知名人士施蛰存、杜衡、冯雪峰创办《文学工场》。1932年，他参加施蛰存主持的《现代》杂志编辑社。1936年至1938年，他任教于同济大学。1936年10月，他与卞之琳、孙大雨、梁宗岱、冯至等人创办了《新诗》月刊。

　　戴望舒在抗日战争爆发后转至香港，主编《大公报》文艺副刊，并且创办了《耕耘》杂志。1938年春，他主编《星岛日报·星岛》副刊。1939年，他与著名诗人艾青主编《顶点》。1949年6月，他参加了在北平召开的中华文学艺术工作者代表大会。后来，他担任新闻出版总署国际新闻局法文科科长，从事编译工作。

　　1950年，戴望舒在北京病逝，享年45岁。他安葬于北京西山脚下的北京香山万安公墓，墓碑上有著名作家茅盾亲笔书写的"诗人戴望舒之墓"。

　　戴望舒的诗歌主要受我国古典诗歌和法国象征主义诗人影响较大。他作为现代派新诗的举旗人，无论理论还是创作实践，都对我国新诗的发展产生过相当大的影响。在诗的内容上，他注重诗意的完整和明朗，在形式上不刻意雕琢。

　　戴望舒的代表作有《雨巷》，并因此作被称为"雨巷诗人"。这首诗写于1927年夏天，当时全国处于白色恐怖之中，他因曾经参

加进步活动而不得不避居于松江的友人家中，在孤寂中咀嚼着大革命失败后的幻灭与痛苦，心中充满了迷惘的情绪和朦胧的希望。《雨巷》一诗就是他这种心情的表现，其中交织着失望和希望、幻灭和追求的双重情调，这种情怀在当时是有一定普遍性的。

《雨巷》运用了象征性的抒情手法。诗中那狭窄阴沉的雨巷，在雨巷中徘徊的独行者，以及那个像丁香一样结着愁怨的姑娘，都是象征性的意象。这些意象又共同构成了一种象征性的意境，含蓄地暗示出作者既迷惘感伤又有期待的情怀，并给人一种朦胧而又幽深的美感。富于音乐性是《雨巷》的另一个突出艺术特色。诗中运用了复沓、叠句、重唱等手法，造成了回环往复的旋律和宛转悦耳的乐感。

戴望舒的《望舒草》是他在诗歌艺术上日趋成熟时的著作。此时，他正生活在大革命失败后的白色恐怖中，理想和现实的矛盾，使他的精神苦闷而低沉。但他不论从艺术上还是心理上都已不再稚嫩，也不再是穿着别人的鞋子走路了，而是努力开拓自己的诗歌创作领域，从而形成了自己的风格。

戴望舒的其他作品还有《寻梦者》《单恋者》《烦忧》《灾难的岁月》《我的记忆》《望舒诗稿》《灾难的岁月》《戴望舒诗选》《戴望舒诗集》等，另有译著包括《少女之誓》《鹅妈妈的故事》《意大利的恋爱故事》《天女玉丽》《爱经》《屋卡珊和尼各莱特》《唯物史观的文学论》《一周间》《麦克倍斯》《青色鸟》《法兰西现代短篇集》等诸多作品。

戴望舒的诗歌中内含着多种思想艺术气质，都显示着或潜存着新诗的发展与流变的种种动向。新诗发展的历史从本质上说是一个大浪淘沙的过程，而戴望舒的诗虽然几经命运沉浮，却始终魅力不减，流行了几十载。他从汲取我国古典诗词的营养到采撷西方现代派手法，最终走向了咏唱现实之路，特别是他几经寻觅和创新，终于形成了自己诗歌的特殊风格和色调。

戴望舒【目录】

戴望舒

诗歌精品

【目录】

第三辑

戴望舒

诗歌精品

【目录】

戴望舒

诗歌精品

【第一辑】

御街行

满帘红雨春将老，

说不尽，

阳春好。

问君何处是春归，

何处春归遍杳？

一庭绿意，

玉阶伫立，

似觉春还早。

天涯路断蘼芜草，

留不住，

春去了。

雨丝风片尽连天，

愁思撩来多少？

残莺无奈，

声声啼断，

与我堪同调。

（载《波光》旬刊第二期，一九二三年五月二十六日）

夕阳下

晚云在暮天上散锦，
溪水在残日里流金；
我瘦长的影子飘在地上，
像山间古树底寂寞的幽灵。

远山啼哭得紫了，
哀悼着白日底长终；
落叶却飞舞欢迎
幽夜底衣角，那一片清风。

荒冢里流出幽古的芬芳，
在老树枝头把蝙蝠迷上，
它们缠绵琐细的私语，
在晚烟中低低的回荡。

幽夜偷偷从天末归来，

我独自还恋恋的徘徊；

在这寂寞的心间，我是

消隐了忧愁，消隐了欢快。

（载《小说月报》第十九卷第十一号，

一九二八年十一月）

寒风中闻雀声

枯枝在寒风里悲叹，
死叶在大道上萎残；
雀儿在高唱薤露歌，
一半儿是自伤自感。

大道上寂寞凄清，
高楼上悄悄无声，
只那孤岑的雀儿
伴着孤岑的少年人。

寒风吹老了树叶，
又来吹老少年底华鬓，
更在他底愁怀里
将一丝的温馨吹尽。

唱啊，我同情的雀儿，

唱破我芬芳的梦境；

吹罢，你无情的风儿，

吹断了我飘摇的微命。

自家伤感

怀着热望来相见，
冀希从头细说，
偏你冷冷无言；
我只合踏着残叶远去了，
自家伤感。
希望今又成虚，
且消受终天长怨。
看风里的蜘蛛，
又可怜的飘断
这一缕零丝残绪。

（载《小说月报》第十九卷第八号，

一九二八年八月）

生　涯

泪珠儿已抛残，
只剩了悲思。
无情的百合啊，
你明丽的花枝。
你太娟好，太轻盈，
使我难吻你娇唇。

人间伴我的是孤苦，
白昼给我的是寂寥；
只有那甜甜的梦儿，
慰我在深宵：
我希望长睡沉沉，
长在那梦里温存。

可是清晨我醒来
在枕边找到了悲哀：
欢乐只是一幻梦，
孤苦却待我生挨！
我暗把泪珠哽咽，
我又生活了一天。

泪珠儿已抛残，
悲思偏无尽，
啊，我生命底慰安！
我屏营待你垂悯：
在这世间寂寂，
朝朝只有呜咽。

流浪人的夜歌

残月是已死的美人，
在山头哭泣嘤嘤，
哭她细弱的魂灵。

怪枭在幽谷悲鸣，
饥狼在嘲笑声声
在那残碑断碣的荒坟。

此地是黑暗的占领，
恐怖在统治人群，
幽夜茫茫的不明。

来到此地泪盈盈，
我是颠连飘泊的孤身，
我要与残月同沉。

Fragments

不要说爱还是恨，
这问题我不要分明：
当我们提壶痛饮时，
可先问是酸酒是芳醇？

愿她温温的眼波
荡醒我心头的春草：
谁希望有花儿果儿？
但愿在春天里活几朝。

（载《小说月报》第十九卷第八号，
一九二八年八月）

凝泪出门

昏昏的灯，
溟溟的雨，
沉沉的未晓天；
凄凉的情绪，
将我底愁怀占住。

凄绝的寂静中，
你还酣睡未醒；
我无奈踯躅徘徊，
独自凝泪出门：
啊，我已够伤心。

清冷的街灯，
照着车儿前进；

在我底胸怀里，

我是失去了欢欣，

愁苦已来临。

（载《璎珞》旬刊第一期，

一九二六年三月）

可　知

可知怎的旧时的欢乐
到回忆都变作悲哀，
在月暗灯昏时候
重重的兜上心来，
　　啊，我底欢爱！

为了如今唯有愁和苦，
朝朝的难遣难排，
恐惧以后无欢日，
愈觉得旧时难再，
　　啊，我底欢爱！

可是只要你能爱我深，
只要你深情不改，

这今日的悲哀，

会变作来朝的欢快，

　　啊，我底欢爱！

否则悲苦难排解，

幽暗重重向我来，

我将含怨沉沉睡，

睡在那碧草青苔，

　　啊，我底欢爱！

（载《璎珞》旬刊第三期，

一九二六年四月）

静　夜

像侵晓蔷薇底蓓蕾
含着晶耀的香露，
你盈盈的低泣，低着头，
你在我心头开了烦忧路。

你哭泣嘤嘤的不停，
我心头反复的不宁；
这烦忧是从何处生
使你坠泪，又使我伤心？

停了泪儿啊，请莫悲伤，
且把那原因细讲，
在这幽夜沉寂又微凉，
人静了，这正是时光。

（载《小说月报》第十九卷第八号，
一九二八年八月）

山 行

见了你朝霞的颜色，
便感到我落月的沉哀，
却似晓天的云片，
烦怨飘上我心来。

可是不听你啼鸟的娇音，
我就要像流水的呜咽，
却似凝露的山花，
我不禁的泪珠盈睫。

我们彳亍在微茫的山径，
让梦香吹上了征衣，
和那朝霞，和那啼鸟，
和你不尽的缠绵意。

残花的泪

寂寞的古园中，
明月照幽素，
一枝凄艳的残花
对着蝴蝶泣诉：

我的娇丽已残，
我的芳时已过，
今宵我流着香泪，
明朝会萎谢尘土。

我的旖艳与温馨，
我的生命与青春
都已为你所有，
都已为你消受尽！

你旧日的蜜意柔情，

如今已抛向何处？

看见我憔悴的颜色，

你啊，你默默无语！

你会把我孤凉的抛下，

独自蹁跹的飞去，

又飞到别枝春花上，

依依的将她恋住。

明朝晓日来时

小鸟将为我唱薤露歌；

你啊，你不会眷顾旧情

到此地来凭吊我！

（载《小说月报》第十九卷第八号，

一九二八年八月）

十四行

微雨飘落在你披散的鬓边
像小珠碎落在青色的海带草间
或是死鱼漂翻在浪波上
闪出神秘又凄切的幽光

诱着又带着我青色的灵魂
到爱和死底梦的王国中睡眠
那里有金色的空气和紫色的太阳
那里可怜的生物将欢乐的眼泪流到胸膛

就像一只黑色的衰老的瘦猫
在幽光中我憔悴又伸着懒腰
流出我一切虚伪和真诚的骄傲

然后，又跟着它踉跄在轻雾朦胧

像淡红的酒沫飘在琥珀钟

我将有情的眼藏在幽暗的记忆中

（载《莽原》第二卷第二十期，

一九二七年十二月）

不要这样盈盈的相看

不要这样盈盈的相看，

把你伤感的头儿垂倒，

静，听啊，远远的，在林里，

在死叶上的希望又醒了。

是一个昔日的希望，

它沉睡在林里已多年；

是一个缠绵烦琐的希望，

它早在遗忘里沉湮。

不要这样盈盈的相看，

把你伤感的头儿垂倒，

这一个昔日的希望，

它已被你惊醒了。

这是缠绵烦琐的希望，
如今已被你惊起了，
它又要依依的前来
将你与我烦扰。

不要这样盈盈的相看，
把你感伤的头儿垂倒，
静，听啊，远远的，从林里，
惊醒的昔日的希望来了。

（载《莽原》第二卷第二期，
一九二七年十二月）

Spleen

我如今已厌看蔷薇色，
一任她娇红披满枝。

心头的春花已不更开，
幽黑的烦忧已到我欢乐之梦中来。

我底唇已枯，我底眼已枯，
我呼吸着火焰，我听见幽灵低诉。

去吧，欺人的美梦，欺人的幻象，
天上的花枝，世人安能痴想！

我颓唐的在捱度这迟迟的朝夕，
我是个疲倦的人儿，我等待着安息。

（载《小说月报》第十九卷第八号，一九二八年八月）

残叶之歌

男 子

你看，湿了雨珠的残叶
静静的停在枝头，
（湿了珠泪的微心
轻轻的贴在你心头。）

它踌躇着怕那微风
吹它到缥缈的长空。

女 子

你看，那小鸟曾经恋过枝叶，
如今却要飘忽无迹。

（我底心儿和残叶一样，

你啊，忍心人，你要去他方。）

它可怜的等待着微风，

要依风去追逐爱者底行踪。

男　子

那么，你是叶儿，我是那微风，

我曾爱你在枝上，也爱你在街中。

女　子

来吧，你把你微风吹起，

我将我残叶底生命还你。

Mandoline

从水上飘起的，春夜的Mandoline，
你咽怨的亡魂，孤冷又缠绵，
你在哭你的旧时情？

你徘徊到我的窗边，
寻不到昔日的芬芳，
你惆怅的哭泣到花间。

你凄婉的又重进我的纱窗，
还想寻些坠鬟的珠屑——
啊，你又失望的咽泪去他方。

你依依的又来到我耳边低泣，
啼着那颓唐哀怨之音；
然后，懒懒的，到梦水间消歇。

雨　巷

撑着油纸伞，独自
彷徨在悠长，悠长
又寂寥的雨巷，
我希望逢着
一个丁香一样的
结着愁怨的姑娘。

她是有
丁香一样的颜色，
丁香一样的芬芳，
丁香一样的忧愁，
在雨中哀怨，
哀怨又彷徨。

她彷徨在这寂寥的雨巷，
撑着油纸伞
像我一样，
像我一样的
默默彳亍着，
冷漠，凄清，又惆怅。

她静默的走近
走近，又投出
太息一般的眼光，
她飘过
像梦一般的，
像梦一般的凄婉迷茫。

像梦中飘过
一枝丁香的，
我身旁飘过这女郎；
她静默的远了，远了，
到了颓圮的篱墙，
走近这雨巷。

在雨的哀曲里，
消了她的颜色，
散了她的芬芳，
消散了，甚至她的
太息般的眼光，
她丁香般的惆怅。

撑着油纸伞，独自
彷徨在悠长，悠长
又寂寥的雨巷，
我希望飘过
一个丁香一样的
结着愁怨的姑娘。

（载《小说月报》第十九卷第八号，
一九二八年八月）

我底记忆

我底记忆是忠实于我的，
忠实得甚于我最好的友人。

它存在在燃着的烟卷上，
它存在在绘着百合花的笔杆上，
它存在在破旧的粉盒上，
它存在在颓垣的木莓上，
它存在在喝了一半的酒瓶上，
在撕碎的往日的诗稿上，在压干的花片上，
在凄暗的灯上，在平静的水上，
在一切有灵魂没有灵魂的东西上，
它在到处生存着，像我在这世界一样。

它是胆小的，它怕着人们底喧嚣，

但在寂寥时，它便对我来作密切的拜访。

它底声音是低微的，

但是它底话是很长，很长，

很多，很琐碎，而且永远不肯休：

它底话是古旧的，老是讲着同样的故事，

它底音调是和谐的，老是唱着同样的曲子，

有时它还模仿着爱娇的少女底声音，

它底声音是没有气力的，

而且还夹着眼泪，夹着太息。

它底拜访是没有一定的，

在任何时间，在任何地点，

甚至当我已上床，朦胧的想睡了；

人们会说它没有礼貌，

但是我们是老朋友。

它是琐琐的永远不肯休止的，

除非我凄凄的哭了，或是沉沉的睡了；

但是我是永远不讨厌它，

因为它是忠实于我的。

（载《未名》第二卷第一期，一九二九年一月）

路上的小语

——给我吧，姑娘，那朵簪在你发上的
小小的青色的花，
它是会使我想起你底温柔来的。

——它是到处都可以找到的，
那边，你看，在树林下，在泉边，
而它又只会给你悲哀的记忆的。

——给我吧，姑娘，你底像花一样的燃着的，
像红宝石一般晶耀着的嘴唇，
它会给我蜜底味，酒底味。

——不，它只有青色的橄榄底味，
和未熟的苹果底味，

而且是不给说谎的孩子的。

——给我吧，姑娘，那在你衫子下的
你的火一样的，十八岁的心，
那里是盛着天青色的爱情的。

——它是我的，是不给任何人的，
除非别人愿意把他自己底真诚的
来作一个交换，永恒的。

（载《无轨列车》第一期，一九二八年九月）

林下的小语

走进幽暗的树林里

人们在心头感到了寒冷，

亲爱的，在心头你也感到寒冷吗？

当你拥在我怀里

而且把你的唇粘着我底的时候。

不要微笑，亲爱的，

啼泣一些是温柔的，

啼泣吧，亲爱的，啼泣在我底膝上，

在我底胸头，在我底颈边。

啼泣不是一个短促的欢乐。

"追随我到世界的尽头"，

你固执的这样说着吗？

你说得多傻！你去追随天风吧！
我呢，我是比天风更轻，更轻，
是你永远追随不到的。

哦，不要请求我的心了！
它是我的，是只属于我的。
什么是我们的恋爱的纪念吗？
拿去吧，亲爱的，拿去吧，
这沉哀，这绛色的沉哀。

夜 是

夜是清爽而温暖；
飘过的风带着青春和爱底香味，
我的头是靠在你裸着的膝上，
你想笑，而我却哭了。

温柔的是缢死在你底发上，
它是那么长，那么细，那么香，
但是我是怕着，那飘过的风
要把我们底青春带去。

我们只是被年海底波涛
挟着漂去的可怜的épaves，
不要讲古旧的romance和理想的梦国了，
纵然你有柔情，我有眼泪。

我是怕着：那飘过的风

已把我们底青春和别人底一同带去了；

爱呵，你起来找一下吧，

它可曾把我们底爱情带去。

（载《无轨列车》第一期，一九二八年九月）

独自的时候

房里曾充满过清朗的笑声，
正如花园里充满过蔷薇；
人在满积着的梦的灰尘中抽烟，
沉想着消逝了的音乐。

在心头飘来飘去的是什么啊，
像白云一样的无定，像白云一样的沉郁？
而且要对它说话也是徒然的，
正如人徒然的向白云说话一样。

幽暗的房里耀着的只有光泽的木器，
独语着的烟斗也黯然缄默，
人在尘雾的空间描摹着惨白的裸体
和烧着人的火一样的眼睛。

为自己悲哀和为别人悲哀是一样的事，

虽然自己的梦是和别人的不同的，

但是我知道今天我是流过眼泪，

而从外边，寂静是悄悄的进来。

（载《未名》第一卷第八、九期，

一九二八年十一月）

印　象

是飘落深谷去的
幽微的铃声吧，
是航到烟水去的
小小的渔船吧，
如果是青色的真珠；
它已堕到古井的暗水里。

林梢闪着的颓唐的残阳，
它轻轻的敛去了
跟着脸上浅浅的微笑。

从一个寂寞的地方起来的，
迢遥的，寂寞的呜咽，
又徐徐回到寂寞的地方，寂寞的。

（载《现代》第一卷第一号，一九三二年五月）

秋　天

再过几日秋天是要来了，
默坐着，抽着陶器的烟斗；
我已隐隐的听见它的歌吹
从江水的船帆上。

它是在奏着管弦乐：
这个使我想起做过的好梦；
从前认它为好友是错了，
因为它带来了忧愁给我。

林间的猎角声是好听的，
在死叶上的漫步也是乐事，
但是，独身汉的心地我是很清楚的，
今天，我是没有闲雅的兴致。

我对它没有爱也没有恐惧，
我知道它所带来的东西的重量，
我是微笑着，安坐在我的窗前，
当浮云带着恐吓的口气来说：
秋天要来了，望舒先生！

（载《未名》第二卷第二期，一九二九年一月）

祭 日

今天是亡魂的祭日，
我想起了我的死去了六年的友人。
或许他已老一点了，怅惜他爱娇的妻，
他哭泣着的女儿，他剪断了的青春。

他一定是瘦了，过着飘泊的生涯，在幽冥中，
但他的忠诚的目光是永远保留着的，
而我还听到他往昔的熟稔有劲的声音，
"快乐吗，老戴？"（快乐，唔，我现在已没有了。）

他不会忘记了我：这我是很知道的，
因为他还来找我，每月一二次，在我梦里，
他老是饶舌的，虽则他已归于永恒的沉寂，
而他带着忧郁的微笑的长谈使我悲哀。

我已不知道他的妻和女儿到哪里去了，

我不敢想起她们，我甚至不敢问他，在梦里，

当然她们不会过着幸福的生涯的，

像我一样，像我们大家一样。

快乐一点吧，因为今天是亡魂的祭日；

我已为你预备了在我算是丰盛了的晚餐，

你可以找到我园里的鲜果，

和那你所嗜好的陈威士忌酒。

我们的友谊是永远的柔和的，

而我将和你谈着幽冥中的快乐和悲哀。

（载《新文艺》第一卷第二号，一九二九年十月）

烦　忧

说是寂寞的秋的悒郁，
说是辽远的海的怀念。
假如有人问我烦忧的原故，
我不敢说出你的名字。

我不敢说出你的名字，
假如有人问我烦忧的原故：
说是辽远的海的怀念，
说是寂寞的秋的悒郁。

（载《新文艺》第一卷第四号，
一九二九年十二月）

百合子

百合子是怀乡病的可怜的患者，
因为她的家是在灿烂的樱花丛里的；
我们徒然有百尺的高楼和沉迷的香夜，
但温煦的阳光和朴素的木屋总常在她缅想中。

她度着寂寂的悠长的生涯，
她盈盈的眼睛茫然的望着远处；
人们说她冷漠的是错了，
因为她沉思的眼里是有着火焰。

她将使我为她而憔悴吗？
或许是的，但是谁能知道？
有时她向我微笑着，
而这忧郁的微笑使我也坠入怀乡病里。

她是冷漠的吗？不。

因为我们的眼睛是秘密的交谈着；

而她是醉一样的合上了她的眼睛的，

如果我轻轻的吻着她花一样的嘴唇。

（载《新文艺》第一卷第四期，一九二九年十二月十五日）

梦都子

致霞村

她有太多的蜜饯的心——
在她的手上，在她的唇上；
然后跟着口红，跟着指爪，
印在老绅士的颊上，
刻在醉少年的肩上。

我们是她年轻的爸爸，诚然
但也害怕我们的女儿到怀里来撒娇，
因为在蜜饯的心以外，

梦都子：日本舞女名。

她还有蜜饯的乳房，

而在撒娇之后，她还会放肆。

你的衬衣上已有了贯矢的心，

而我的指上又有了纸捻的约指，

如果我爱惜我的秀发，

那么你又该受那心愿的忤逆。

我的素描

辽远的国土的怀念者，
我，我是寂寞的生物。

假若把我自己描画出来，
那是一幅单纯的静物写生。

我是青春和衰老的集合体，
我有健康的身体和病的心。

在朋友间我有爽直的声名，
在恋爱上我是一个低能儿。

因为当一个少女开始爱我的时候，
我先就要栗然的惶恐。

我怕着温存的眼睛，

像怕初春青空的朝阳。

我是高大的，我有光辉的眼；

我用爽朗的声音恣意谈笑。

但在悒郁的时候，我是沉默的，

悒郁着，用我二十四岁的整个的心。

（载《小说月报》第二十一卷第六号，

一九三〇年九月）

单恋者

我觉得我是在单恋着，
但是我不知道是恋着谁：
是一个在迷茫的烟水中的国土吗，
是一枝在静默中零落的花吗，
是一位我记不起的陌路丽人吗？
我不知道。
我知道的是我的胸膛胀着，
而我的心悸动着，像在初恋中。

在烦倦的时候，
我常是暗黑的街头的踯躅者，
我走遍了嚣嚷的酒场，
我不想回去，好像在寻找什么。
飘来一丝媚眼或是塞满一耳腻语，

那是常有的事。

但是我会低声说：

"不是你！"然后踉跄地又走向他处。

人们称我为"夜行人"，

尽便吧，这在我是一样的；

真的，我是一个寂寞的夜行人，

而且又是一个可怜的单恋者。

（载《小说月报》第二十二卷第二号，

一九三一年二月）

老之将至

我怕自己将慢慢的慢慢的老去，
随着那迟迟寂寂的时间，
而那每一个迟迟寂寂的时间，
是将重重的载着无量的怅惜的。

而在我坚而冷的圈椅中，在日暮，
我将看见，在我昏花的眼前
飘过那些模糊的暗淡的影子：
一片娇柔的微笑，一只纤纤的手，
几双燃着火焰的眼睛，
或是几点耀着珠光的眼泪。

是的，我将记不清楚了：
在我耳边低声软语着

"在最适当的地方放你的嘴唇"的，

是那樱花一般的樱子①吗？

那是茹丽莕②吗，飘着懒倦的眼

望着她已卸了的锦缎的鞋子？……

这些，我将都记不清楚了，

因为我老了。

我说，我是担忧着怕老去，

怕这些记忆凋残了，

一片一片的，像花一样，

只留着垂枯的枝条，孤独的。

（载《小说月报》第二十二卷第一号，

一九三一年一月）

---

① 樱子，日本妇女名。

② 茹丽莕，法语的音译，妇女名。此处用以指诗人心目中的美女。

秋天的梦

迢遥的牧女的羊铃，
摇落了轻的树叶。

秋天的梦是轻的，
那是窈窕的牧女之恋。

于是我的梦是静静的来了，
但却载着沉重的昔日。

唔，现在，我是有一些寒冷，
一些寒冷，和一些忧郁。

（载《小说月报》第二十二卷第一号，
一九三一年一月）

前　夜

一夜的纪念，呈呐鸥兄 ①

在比志步尔启碇的前夜，
托密②的衣袖变作了手帕，
她把眼泪和着唇脂拭在上面，
要为他壮行色，更加一点粉香。

明天会有太淡的烟和太淡的酒，
和磨不损的太坚固的时间，
而现在，她知道应该有怎样的忍耐：

---

① 呐鸥，即刘呐鸥（1900－1939），20世纪30年代作家。

② 托密，一日本舞女的绰名。

托密已经醉了，而且疲倦得可怜。

这个的橙花香味的南方的少年，
他不知道明天只能看见天和海——
或许在"家，甜蜜的家"里他会康健些，
但是他的温柔的亲戚却要更瘦，更瘦。

（载《现代》第一卷第一期，一九三二年五月号）

我的恋人

我将对你说我的恋人，
我的恋人是一个羞涩的人，
她是羞涩的，有着桃色的脸，
桃色的嘴唇，和一颗天青色的心。

她有黑色的大眼睛，
那不敢凝看我的黑色的大眼睛——
不是不敢，那是因为她是羞涩的；
而当我依在她胸头的时候，
你可以说她的眼睛是变换了颜色，
天青的颜色，她的心的颜色。

她有纤纤的手，
它会在我烦忧的时候安抚我，

她有清朗而爱娇的声音，

那是只向我说着温柔的，

温柔到消融了我的心的话的。

她是一个静娴的少女，

她知道如何爱一个爱她的人，

但是我永远不能对你说她的名字，

因为她是一个羞涩的恋人。

（载《小说月报》第二十二卷第十号，

一九三一年十月）

村 姑

村里的姑娘静静的走着，
提着她的蚀着青苔的水桶；
溅出来的冷水滴在她的跣足上，
而她的心是在泉边的柳树下。

这姑娘会静静的走到她的旧屋去，
那在一棵百年的冬青树荫下的旧屋，
而当她想到在泉边吻她的少年，
她会微笑着，抿起了她的嘴唇。

她将走到那古旧的木屋边，
她将在那里惊散了一群在啄食的瓦雀，
她将静静的走到厨房里，
又静静的把水桶放在干刍边。

她将帮助她的母亲做饭，

而从田间回来的父亲将坐在门槛上抽烟，

她将给猪圈里的猪喂食，

又将可爱的鸡赶进它们的窠里去。

在暮色中吃晚饭的时候，

她的父亲会谈着今年的收成，

他或许会说到他的女儿的婚嫁，

而她便将羞怯地低下头去。

她的母亲或许会说她的懒惰，

（她打水的迟延便是一个好例子，）

但是她不会听到这些话，

因为她在想着那有点鲁莽的少年。

（载《小说月报》第二十二卷第十号，

一九三一年十月）

野 宴

对岸青叶荫下的野餐，
只有百里香和野菊做伴；
河水已洗涤了碍人的礼仪，
白云遂成为飘动的天幕。

那里有木叶一般绿的薄荷酒，
和你所爱的芬芳的腊味，
但是这里有更可口的芦笋
和更新鲜的乳酪。

我的爱软的草的小姐，
你是知味的美食家：
先尝这开胃的饮料，
然后再试那丰盛的名菜。

（载《北斗》第一卷第二期，一九三一年十月）

二　月

春天已在野菊的头上逡巡着了，
春天已在斑鸠的羽上逡巡着了，
春天已在青溪的藻上逡巡着了，
绿荫的林遂成为恋的众香国。

于是原野将听倦了谎话的交换，
而不载重的无邪的小草
将醉着温软的皓体的甜香；

于是，在暮色冥冥里，
我将听了最后一个游女的惋叹，
拈着一枝蒲公英缓缓的归去。

（载《小说月报》第二十二卷第十号，

一九三一年十月）

小 病

从竹帘里漏进来的泥土的香，
在浅春的风里它几乎凝住了；
小病的人嘴里感到了莴苣的脆嫩，
于是遂有了家乡小园的神往。

小园里阳光是常在芸苔的花上吧，
细风是常在细腰蜂的翅上吧，
病人吃的莱菔的叶子许被虫蛀了，
而雨后的韭菜却许已有甜味的嫩芽了。

现在，我是害怕那使我脱发的饕餮了，
就是那滑腻的海鳗般美味的小食也得斋戒，
因为小病的身子在浅春的风里是软弱的，
况且我又神往于家园阳光下的莴苣。

（载《小说月报》第二十二卷第十号，一九三一年十月）

款步（一）

这里是爱我们的苍翠的松树，

它曾经遮过你的羞涩和我的胆怯，

我们的这个同谋者是有一个好记性的，

现在，它还向我们说着旧话，但并不揶揄。

还有那多嘴的深草间的小溪，

我不知道它今天为什么缄默：

我不看见它，或许它已换一条路走了，

饶舌着，施施然绕着小村而去了。

这边是来做夏天的客人的闲花野草，

它们是穿着新装，像在婚筵里，

而且在微风里对我们作有礼貌的礼敬，

好像我们就是新婚夫妇。

我的小恋人，今天我不对你说草木的恋爱，
却让我们的眼睛静静的说我们自己底，
而且我要用我的舌头封住你的小嘴唇了，
如果你再说：我已闻到你的愿望的气味。

（载《小说月报》第二十二卷第十号，

一九三一年十月）

款步（二）

答应我绕过这些木栅，
去坐在江边的游椅上。
啮着沙岸的永远的波浪，
总会从你投出着的素足
撼动你抿紧的嘴唇的。
而这里，鲜红并寂静得
与你的嘴唇一样的枫林间，
虽然残秋的风还未来到，
但我已经从你的缄默里，
觉出了它的寒冷。

（载《现代》第一卷第一期，
一九三二年五月号）

过　时

说我是一个在怅惜着，

怅惜着好往日的少年吧，

我唱着我的崭新的小曲，

而你却揶揄：多么"过时"！

是呀，过时了，我的"单恋女"

都已经变作妇人或是母亲，

而我，我还可怜地年轻——

年轻？不吧，有点靠不住。

是呀，年轻是有点靠不住，

说我是有一点老了吧！

你只看我拿手杖的姿态

它会告诉你一切，而我的眼睛亦然。

老实说，我是一个年轻的老人了：
对于秋草秋风是太年轻了，
而对于春月春花却又太老。

（载《现代》第一卷第一期，
一九三二年五月号）

有　赠

谁曾为我束起许多花枝，
灿烂过又憔悴了的花枝？
谁曾为我穿起许多泪珠，
又倾落到梦里去的泪珠？

我认识你充满了怨恨的眼睛，
我知道你愿意缄在幽暗中的话语，
你引我到了一个梦中，
我却又在另一个梦中忘了你。

我的梦和我的遗忘中的人，
哦，受过我暗自祝福的人，
终日有意的灌溉着蔷薇，
我却无心的让寂寞的兰花愁谢。

（载《现代》第一卷第一期，
一九三二年五月号）

游子谣

海上微风起来的时候，
暗水上开遍青色的蔷薇。
——游子的家园呢？

篱门是蜘蛛的家，
土墙是薜荔的家，
枝繁叶茂的果树是鸟雀的家。

游子却连乡愁也没有，
他沉浮在鲸鱼海蟒间：
让家园寂寞的花自开自落吧。

因为海上有青色的蔷薇，
游子要萦系他冷落的家园吗？

还有比蔷薇更清丽的旅伴呢。

清丽的小旅伴是更甜蜜的家园，
游子的乡愁在那里徘徊踯躅。
唔，永远沉浮在鲸鱼海蟒间吧。

（载《现代》第一卷第三期，
一九三二年七月号）

秋　蝇

木叶的红色，
木叶的黄色，
木叶的土灰色：
窗外的下午！

用一双无数的眼睛，
衰弱的苍蝇望得昏眩。
这样窒息的下午啊！
它无奈的搔着头搔着肚子。

木叶，木叶，木叶，
无边木叶萧萧下。

玻璃窗是寒冷的冰片了，

太阳只有苍茫的色泽。
巡回的散一次步吧！
它觉得它的脚软。

红色，黄色，土灰色，
昏眩的万花筒的图案啊！

迢遥的声音，古旧的，
大伽蓝的钟磬？天末的风？
苍蝇有点僵木，
这样沉重的翼翅啊！

飘下地，飘上天的木叶旋转着，
红色，黄色，土灰色的错杂的回轮。

无数的眼睛渐渐模糊，昏黑，
什么东西压到轻绡的翅上，
身子像木叶一般的轻，
载在巨鸟的翎翮上吗？

（载《现代》第一卷第三期，
一九三二年七月号）

夜行者

这里他来了：夜行者！
冷清清的街上有沉着的跫音，
从黑茫茫的雾，
到黑茫茫的雾。

夜的最熟稔的朋友，
他知道它的一切琐碎，
那么熟稔，在它的熏陶中
他染了它一切最古怪的脾气。

夜行者是最古怪的人。
你看他走在黑夜里：
戴着黑色的毡帽，
迈着夜一样静的步子。

（载《现代》第一卷第三期，
一九三二年七月号）

微　辞

园子里蝶褪了粉蜂褪了黄，
则木叶下的安息是允许的吧，
然而好弄玩的女孩子是不肯休止的，
"你瞧我的眼睛，"她说，"它们恨你！"

女孩子有恨人的眼睛，我知道，
她还有不洁的指爪，
但是一点恬静和一点懒是需要的，
只瞧那新叶下静静的蜂蝶。

魔道者使用曼陀罗根或是枸杞，
而人却像花一般的顺从时序，
夜来香娇妍的开了一个整夜，
朝来送入温室一时能重鲜吗？

园子都已恬静，
蜂蝶睡在新叶下，
迟迟的永昼中，
无厌的女孩子也该休止。

（载《现代》第一卷第三期，一九三二年七月号）

少年行

是簪花的老人呢，
灰暗的篱笆披着茑萝；

旧曲在颤动的枝叶间死了，
新蜕的蝉用单调的生命赓续。

结客寻欢都成了后悔，
还要学少年的行踪吗？

平静的天，平静的阳光下，
烂熟的果子平静地落下来了。

（载《现代》第一卷第六期，
一九三二年十月号）

旅　思

故乡芦花开的时候，
旅人的鞋跟染着征泥，
粘住了鞋跟，粘住了心的征泥，
几时经可爱的手拂拭？

栈石星饭的岁月，
骊山骊水的行程：
只有寂静中的促织声，
给旅人尝一点家乡的风味。

深闭的园子

五月的园子，
已花繁叶满了，
浓荫里却静无鸟喧。

小径已铺满苔藓，
而篱门的锁也锈了——
主人却在迢遥的太阳下。

在迢遥的太阳下，
也有璀璨的园林吗？

陌生人在篱边探首，
空想着天外的主人。

（载《现代》第二卷第一号，
一九三二年十一月号）

戴望舒

诗歌精品

【第二辑】

不　寐

在沉静的音波中，
每个爱娇的影子
在眩晕的脑里
作瞬间的散步；

只有短促的瞬间，
然后列成桃色的队伍，
月移花影的淡然消融：
飞机上的阅兵式。

掌心抵着炎热的前额，
腕上有急促的温息；
是那一宵的觉醒啊？
这种透过皮肤的温息。

让沉静底最高的音波，
来震破脆弱的耳膜吧。
窒息的白色帐子，墙……
什么地方去喘一口气呢？

（载《文艺月刊》第四卷第二号，

一九三三年八月）

灯

士为知己者用，
故承恩的灯
遂做了恋的同谋人：
作憧憬之雾的
青色的灯，
作色情之屏的
桃色的灯。

因为我们知道爱灯，
如仁者乐山，智者乐水，
为供它的法眼的鉴赏
我们展开秘藏的风俗画：
灯却不笑人的风魔。

在灯的友爱的光里，
人走进了美容院；
千手千眼的技师，
替人匀着最宜雅的脂粉，
于是我们便目不暇给。

太阳只发着学究的教训，
而灯光却作着亲切的密语，
至于交头接耳的暗黑，
就是饕餮者的施主了。

（载《现代》第二卷第一期，
一九三二年十一月号）

寻梦者

梦会开出花来的，
梦会开出娇妍的花来的：
去求无价的珍宝吧。

在青色的大海里，
在青色的大海的底里，
深藏着金色的贝一枚。

你去攀九年的冰山吧，
你去航九年的旱海吧，
然后你逢到那金色的贝。

它有天上的云雨声，
它有海上的风涛声。

它会使你的心沉醉。

把它在海水里养九年，
把它在天水里养九年，
然后，它在一个暗夜里开绽了。

当你鬈发斑斑了的时候，
当你眼睛朦胧了的时候，
金色的贝吐出桃色的珠。

把桃色的珠放在你怀里，
把桃色的珠放在你枕边，
于是一个梦静静的升上来了。

你的梦开出花来了，
你的梦开出娇妍的花来了，
在你已衰老了的时候。

（载《现代》第二卷第一号，

一九三二年十一月号）

乐园鸟

飞着，飞着，春，夏，秋，冬，
昼，夜，没有休止，
华羽的乐园鸟，
这是幸福的云游呢，
还是永恒的苦役？

渴的时候也饮露，
饥的时候也饮露，
华羽的乐园鸟，
这是神仙的佳肴呢，
还是为了对于天的乡思？

是从乐园里来的呢，
还是到乐园里去的？

华羽的乐园鸟，

在茫茫的青空中，

也觉得你的路途寂寞吗？

假使你是从乐园里来的，

可以对我们说吗，

华羽的乐园鸟，

自从亚当、夏娃被逐后，

那天上的花园已荒芜到怎样了？

（载《现代》第二卷第一号，

一九三二年十一月号）

见勿忘我花

为你开的
为我开的勿忘我花，
为了你的怀念，
为了我的怀念，
它在陌生的太阳下，
陌生的树林间，
谦卑的，悒郁的开着。

在僻静的一隅，
它为你向我说话，
它为我向你说话；
它重数我们用凝望
远方潮润的眼睛，
在沉默中所说的话，

而它的语言又是
像我们的眼一样沉默。

开着吧，永远开着吧，
挂虑我们的小小的青色的花。

微　笑

轻岚从远山飘开，
水蜘蛛在静水上徘徊；
说吧：无限意，无限意。

有人微笑，
一颗心开出花来，
有人微笑，
许多脸儿忧郁起来。

做定情之花带的点缀吧，
做迢遥之旅愁的凭借吧。

霜 花

九月的霜花，
十月的霜花，
雾的娇女，
开到我鬓边来。

装点着秋叶，
你装点了单调的死。
雾的娇女，
来替我簪你素艳的花。

你还有珍珠的眼泪吗？
太阳已不复重燃死灰了。
我静观我鬓丝的零落，
于是我迎来你所装点的秋。

（载《现代诗风》第一册，一九三五年十月）

古意答客问

孤心逐浮云之炫烨的卷舒，
惯看青空的眼喜侵阈的青芜。
你问我的欢乐何在？
——窗头明月枕边书。

侵晨看岚蹒蹰于山巅，
入夜听风琐语于花间。
你问我的灵魂安息于何处？
——看那袅绕的、袅绕的升上去的炊烟。

渴饮露，饥餐英；
鹿守我的梦，鸟祝我的醒。
你问我可有人世间的挂虑？
——听那消沉下去的百代之过客的跫音。

一九三四年十二月五日

（载《现代诗风》第一册，一九三五年十月）

灯

灯守着我，劬劳的，
凝看我眸子中
有穿着古旧的节日衣衫的
欢乐儿童，
忧伤稚子，
像木马栏似的
转着，转着，永恒的……

而火焰的春阳下的树木般的
小小的爆裂声，
摇着我，摇着我，
柔和的。

美丽的节日萎谢了，
木马栏独自转着，转着……

灯徒然怀着母亲的劬劳，
孩子们的彩衣已褪了颜色。

已矣哉！
采撷黑色大眼睛的凝视
去织最绮丽的梦网！
手指所触的地方：
火凝作冰焰，
花幻为枯枝。
灯守着我。让它守着我！

曦阳普照，蜥蜴不复浴其光，
帝王长卧，鱼烛永恒的高烧，
在他森森的陵寝。

这里，一滴一滴的，
寂静坠落，坠落，坠落。

一九三四年十二月二十一日

（载《现代诗风》第一册，一九三五年十月）

秋夜思

谁家动刀尺？
心也需要秋衣。

听鲛人的召唤，
听木叶的呼吸！
风从每一条脉络进来，
窃听心的枯裂之音。

诗人云：心即是琴。
谁听过那古旧的阳春白雪？
为真知的死者的慰藉，
有人已将它悬在树梢，
为天籁之凭托——
但曾一度谛听的飘逝之音。

而断裂的吴丝蜀桐，

仅使人从弦柱间思忆华年。

一九三五年七月六日

（载《现代诗风》第一册，一九三五年十月）

小　曲

啼倦的鸟藏喙在彩翎间，
音的小灵魂向何处翩跹？
老去的花一瓣瓣委尘土，
香的小灵魂在何处流连？

它们不能在地狱里，不能，
这那么好，那么好的灵魂！
那么是在天堂，在乐园里？
摇摇头，圣彼得可也否认。

没有人知道在哪里，没有，
诗人却微笑而三缄其口：
有什么东西在调和氤氲，
在他的心的永恒的宇宙。

一九三六年五月十四日（载《大公报·文艺》
第一六九期，一九三六年六月二十六日）

赠克木

我不懂别人为什么给那些星辰
取一些它们不需要的名称，
它们闲游在太空，无牵无挂，
不了解我们，也不求闻达。

记着天狼，海王，大熊……这一大堆，
还有它们的成分，它们的方位，
你绞干了脑汁，涨破了头，
弄了一辈子，还是个未知的宇宙。

星来星去，宇宙运行，
春秋代序，人死人生，
太阳无量数，太空无限大，
我们只是倏忽渺小的夏虫井蛙。

不痴不聋，不做阿家翁，

为人之大道全在懵懂，

最好不求甚解，单是望望，

看天，看星，看月，看太阳。

也看山，看水，看云，看风，

看春夏秋冬之不同，

还看人世的痴愚，人世的倥偬：

静默地看着，乐在其中。

乐在其中，乐在空与时以外，

我和欢乐都超越过一切的境界，

自己成一个宇宙，有它的日月星，

来供你钻究，让你皓首穷经。

或是我将变一颗奇异的彗星，

在太空中欲止即止，欲行即行，

让人算不出轨迹，瞧不透道理，

然后把太阳敲成碎火，把地球撞成泥。

一九三六年五月十八日

（载《新诗》第一卷第一期，一九三六年十月）

眼

在你的眼睛的微光下，
迢遥的潮汐升涨：
玉的珠贝，
青铜的海藻……
千万尾飞鱼的翅，
剪碎分而复合的，
顽强的渊深的水。

无渚涯的水，
暗青色的水！
在什么经纬度上的海中，
我投身又沉溺在
以太阳之灵照射的诸太阳间，
以月亮之灵映光的诸月亮间，

以星辰之灵闪烁的诸星辰间？

于是我是彗星，

有我的手，

有我的眼，

并尤其有我的心。

我晞曝于你的眼睛的

苍茫朦胧的微光中，

并在你上面，

在你的太空的镜子中

鉴照我自己的

透明而畏寒的

火的影子，

死去或冰冻的火的影子。

我伸长，我转着，

我永恒的转着，

在你的永恒的周围

并在你之中……

我是从天上奔流到海，

从海奔流到天上的江河，

我是你每一条动脉，

每一条静脉，

每一个微血管中的血液，

我是你的睫毛，

（它们也同样在你的

眼睛的镜子里顾影）

是的，你的睫毛，你的睫毛，

而我是你，
因而我是我。

一九三六年十月十九日

（载《新诗》第一卷第二期，一九三六年十二月）

夜　蛾

绕着蜡烛的圆光，
夜蛾作可怜的循环舞，
这些众香国的谪仙不想起
已死的虫，未死的叶。

说这是小睡中的亲人，
飞越关山，飞越云树，
来慰藉我们的不幸，
或者是怀念我们的死者，
被记忆所逼，离开了寂寂的夜台来。

我却明白它们就是我自己，
因为它们用彩色的大绒翅
遮覆住我的影子，

让它留在幽暗里。

这只是为了一念，不是梦，

就像那一天我化成凤。

一九三六年十二月二十六日

（载《新诗》第一卷第四期，一九三七年一月）

寂 寞

园中野草渐离离，
托根于我旧时的脚印，
给他们披青春的彩衣：
星下的盘桓从此消隐。

日子过去，寂寞永存，
寄魂于离离的野草，
像那些可怜的灵魂，
长得如我一般高。

我今不复到园中去，
寂寞已如我一般高：
我夜坐听风，昼眠听雨，
悟得月如何缺，天如何老。

一九三七年二月十二日
（载《文学杂志》第一卷第一期，一九三七年五月）

我思想

我思想，故我是蝴蝶……

万年后小花的轻呼

透过无梦无醒的云雾，

来震撼我斑斓的彩翼。

一九三七年三月十四日（载《文学杂志》

第一卷第一期，一九三七年五月）

元日祝福

新的年岁带给我们新的希望。

祝福！我们的土地，

血染的土地，焦裂的土地，

更坚强的生命将从而滋长。

新的年岁带给我们新的力量。

祝福！我们的人民，

坚苦的人民，英勇的人民，

苦难会带来自由解放。

一九三九年元旦日（载《星岛日报·星座》

第一五四期，一九三九年一月一日）

狼和羔羊（寓言诗）

一只小羔羊，

饮水清溪旁。

忽然有一头饿狼，

觅食来到这地方。

他看见羔羊容易欺，

就板起脸儿发脾气：

"你好胆大妄为，

搅浑了我的饮水！

我一定得责罚你，

不容你作歹为非！"

羔羊回答道："陛下容禀：

请陛下暂息雷霆，

小臣是在下流饮水，

陛下在上流，水怎样会弄秽？

陛下贤明聪慧，

一定明白小臣没有弄浑溪水。"

饥狼闻言说道："别嘴强，

我说你弄浑就弄浑。

你这东西实在可恶，

去年你还骂过我。"

"去年我怎样会对陛下有不敬之辞？

那时我还没有出世，

我是今年三月才出胎，

现在还是在吃奶。"

"不是你，一定是你的哥哥。"

"我没有弟兄。" "真可恶，

不要嘴强，我不管你，

不是你哥哥，一定是你的亲戚。

你们这些家伙全不是好东西，

还有看羊人和狗，全合在一起，

整天跟我为难，从来不放手，

别人对我说，一定得报仇。"

说时迟，那时快，

狼心起，把人害，

一跳过去把羊擒，

咬住就向树林行，

也不再三问五审，

把羔羊送给五脏神。

寓言曰：一朝权在手，黑白原不分，

何患无辞说，加以大罪名。

不管你分辩声明，

请戴红帽子一顶。

让你遭殃失意，

我且饱了肚皮。

（载《星岛日报·星座》第九〇五期，

一九四一年四月十六日）

致萤火

萤火，萤火，
你来照我。

照我，照这沾露的草，
照这泥土，照到你老。

我躺在这里，让一棵芽
穿过我的躯体，我的心，
长成树，开花；

让一片青色的藓苔，
那么轻，那么轻
把我全身遮盖，

像一双小手纤纤，
当往日我在昼眠，
把一条薄被
在我身上轻披。

我躺在这里
咀嚼着太阳的香味；
在什么别的天地，
云雀在青空中高飞。

萤火，萤火，
给一缕细细的光线——
够担得起记忆，
够把沉哀来吞咽！

一九四一年六月二十六日

（载《华侨日报·文艺周刊》第一期，

一九四四年一月三十日）

狱中题壁

如果我死在这里，
朋友啊，不要悲伤，
我会永远地生存
在你们的心上。

我们之中的一个死了，
在日本占领地的牢里，
他怀着的深深仇恨，
你们应该永远的记忆。

当你们回来，从泥土
掘起他伤损的肢体，
用你们胜利的欢呼
把他的灵魂高高扬起，

然后把他的白骨放在山峰，
曝着太阳，沐着飘风；
在那暗黑潮湿的土牢，
这曾是他唯一的美梦。

一九四二年四月二十七日

（载《新生日报·新语》，一九四六年一月五日）

我用残损的手掌

我用残损的手掌

摸索这广大的土地：

这一角已变成灰烬，

那一角只是血和泥；

这一片湖该是我的家乡，

（春天，堤上繁花如锦幛，

嫩柳枝折断有奇异的芬芳）

我触到荇藻和水的微凉；

这长白山的雪峰冷到彻骨，

这黄河的水夹泥沙在指间滑出；

江南的水田，你当年新生的禾草

是那么细，那么软……现在只有蓬蒿；

岭南的荔枝花寂寞的憔悴，

尽那边，我蘸着南海没有渔船的苦水……

无形的手掌掠过无限的江山，

手指沾了血和灰，手掌沾了阴暗，

只有那辽远的一角依然完整，

温暖，明朗，坚固而蓬勃生春。

在那上面，我用残损的手掌轻抚，

像恋人的柔发，婴孩手中乳。

我把全部的力量运在手掌

贴在上面，寄与爱和一切希望，

因为只有那里是太阳，是春，

将驱逐阴暗，带来苏生，

因为只有那里我们不像牲口一样活，

蝼蚁一样死……那里，永恒的中国！

一九四二年七月三日

（载《文艺春秋》第三卷第六期，一九四六年十二月）

心　愿

几时可以开颜笑笑，

把肚子吃一个饱，

到树林子去散一会儿步，

然后回来安逸地睡一觉？

只有把敌人打倒。

几时可以再看见朋友们，

跟他们游山，玩水，谈心，

喝杯咖啡，抽一支烟，

念念诗，坐上大半天？

只有送敌人入殓。

几时可以一家团聚，

拍拍妻子，抱抱儿女，

烧个好菜，看本电影，
回来围炉谈笑到更深？
只有将敌人杀尽。

只有起来打击敌人，
自由和幸福才会临降，
否则这些全是白日梦
和没有现实的游想。

一九四三年一月二十八日

（载《新生日报·新语》，一九四六年一月五日）

等待（一）

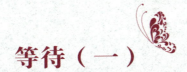

我等待了两年，
你们还是这样遥远啊！
我等待了两年，
我的眼睛已经望倦啊！

说六个月可以回来啦，
我却等待了两年啊，
我已经这样衰败啦，
谁知道还能够活几天啊。

我守望着你们的脚步，
在熟稔的贫困和死亡间，
当你们再来，带着幸福，
会在泥土中看见我张大的眼。

一九四三年十二月三十一日

（载《新生日报·新语》，一九四六年一月五日）

等待（二）

你们走了，留下我在这里等，
看血污的铺石上徘徊着鬼影，
饥饿的眼睛凝望着铁栅，
勇敢的胸膛迎着白刃，
耻辱粘住每一颗赤心，
在那里，炽烈的燃烧着悲愤。

把我遗忘在这里，让我见见
屈辱的极度，沉痛的界限，
做个证人，做你们的耳、你们的眼，
尤其做你们的心，受苦难，磨练，
仿佛是大地的一块，让铁蹄蹂践，
仿佛是你们的一滴血，遗在你们后面。

没有眼泪没有语言的等待：
生和死那么紧的相贴相挨，
而在两者间，顾长的岁月在那里挤，
结伴儿走路，好像难兄难弟。

冢地只两步远近，我知道
安然占六尺黄土，盖六尺青草；
可是这儿也没有什么大不同，
在这阴湿，窒息的窄笼：
做白虱的巢穴，做泔脚缸，
让脚气慢慢延伸到小腹上，
做柔道的对手，剑术的靶子，
从口鼻一齐喝水，然后给踩肚子，
膝头压在尖钉上，砖头垫在脚踵上，
听鞭子在皮骨上舞，做飞机在梁上荡……

多少人从此就没有回来，
然而活着的却耐心的等待。

让我在这里等待，
耐心的等待你们回来：
做你们的耳目，我曾经生活，
做你们的心，我永远不屈服。

一九四四年一月十八日

（载《文艺春秋》第三卷第五期，一九四六年十二月）

在天晴了的时候

在天晴了的时候，

该到小径中去走走：

给雨润过的泥路，

一定是凉爽又温柔；

炫耀着新绿的小草，

已一下子洗净了尘垢；

不再胆怯的小白菊，

慢慢地抬起它们的头，

试试寒，试试暖，

然后一瓣瓣地绽透；

抖去水珠的凤蝶儿

在木叶间自在闲游，

把它的饰彩的智慧书页

曝着阳光一开一收。

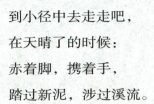

到小径中去走走吧，
在天晴了的时候：
赤着脚，携着手，
踏过新泥，涉过溪流。

新阳推开了阴霾了，
溪水在温风中晕皱，
看山间移动的暗绿——
云的脚迹——它也在闲游。

一九四四年六月二日

（载《华侨日报·文艺周刊》第十九期，一九四四年六月四日）

赠 内

空白的诗帖，
幸福的年岁；
因为我苦涩的诗节，
只为灾难树里程碑。

即使清丽的词华
也会消失它的光鲜，
恰如你鬓边憔悴的花
映着明媚的朱颜。

不如寂寂地过一世，
受着你光彩的薰沐，
一旦为后人说起时，
但叫人说往昔某人最幸福。

一九四四年六月九日
（载《华侨日报·文艺周刊》第三十三期，一九四四年九月十日）

口　号

盟军的轰炸机来了，
看他们勇敢的飞翔，
向他们表示沉默的欢快，
但却永远不要惊慌。

看敌人四处钻，发抖：
盟军的轰炸机来了，
也许我们会碎骨粉身，
但总比死在敌人手上好。

我们需要冷静，坚忍，
离开兵营，工厂，船坞：
盟军的轰炸机来了，
叫敌人踏上死路。

苦难的岁月不会再迟延，
解放的好日子就快到，
你看带着这消息的
盟军的轰炸机来了。

一九四五年一月十六日香港大轰炸中
（载《新生日报·新语》，一九四六年一月五日）

断　篇

我用无形的手掌摸索广大的土地：
这一角已破碎，那一角是和着血的泥，
那辽远的地方依然还完整，硬坚，
我依稀听到从那里传来雄壮的声音。

辽远的声音啊，虽然低沉，我仍听到，
听到你的呼召，也听到我的心的奔跳，
这两个声音，他们在相互和应，招邀……
啊！在这血染的岛上，我是否要等到老？

（发表刊物和时间不详，发表时署名"易鱼"。在作者保留的
一份剪报中注明："以下是沦陷中不曾发表而在胜利后发表的"。
包括《题壁》《愿望》《等待》《口号》（发表于1946年1月5日香
港《新生日报·新语》，总题《旧诗帖抄》）和本诗）

偶　成

如果生命的春天重到，
古旧的凝冰都哗哗的解冻，
那时我会再看见灿烂的微笑，
再听见明朗的呼唤——这些迢遥的梦。

这些好东西都决不会消失，
因为一切好东西都永远存在，
它们只是像冰一样凝结，
而有一天会像花一样重开。

一九四五年五月三十一日

（载《香港艺文》，一九四五年八月三十一日）